SV

Karin Kiwus
Von beiden Seiten der Gegenwart

Gedichte

Suhrkamp Verlag

Zweite Auflage 1976

Druck: Allgäuer Zeitungsverlag, Kempten
Printed in Germany

I

I

Übung in freier Malerei

Für Marron

Was wir hier zu Papier bringen können
ist natürlich nur eine Skizze
ein erster Entwurf
die zögernde Erfindung jedes einzelnen
seine Wunschvorstellung
etwas verschwommen noch
denn es ist schwierig am Anfang
mit den eigenen Mitteln umzugehen
sorgfältig durchdacht deutlich und spontan

Ich zum Beispiel
als eine Möglichkeit
male mir das Abbild einer Wirklichkeit aus
in der ich mich verlieben könnte
in die Narben eines Pfirsichkerns
um ihn einzuspeicheln zu bebrüten
ausbrechen zu lassen
und zu mir zu kommen unter seinen blühenden Zweigen
in einem durchgehend geöffneten Park der Stadt
in dem ich dich jetzt finde jeden Tag:
»Grüß dich, Tausendschönchen!«
wenn du dich über mich beugst
ein bißchen kaputt übermütig
tagesrestverquasselt neugierig
unter deinem Sonnenschirm aus blaßblauem Teint
wenn ich dich auffange und du mich erkennst:
»Hallo, beau jardinier!«

Und wir beweisen uns gegenseitig wieder
du mit deinem verfratzten
schamlosen scheuen Lachen
daß die Runzeln deines konkaven Bauchnabels
ein genauer Abdruck meines Pfirsichkerns sind

Und ich bin ganz andächtig aufmerksam
wenn du kommst und mich in ein großes Glas
voller Kirschen und grüner und blauer Trauben
langen läßt deren Farben dich heute
in der Markthalle bei den Italienern
so begeistert haben daß du kiloweise davon gekauft
sie abgezupft und durcheinandergewürfelt hast
ein schimmernder Sack Paradiesmurmeln
der schon im Kindergarten vorhin
alle ganz wild gemacht hat
Dreifarbdrucke Wurfgeschosse Pyramiden
matschige Ketten Tropfnasen und
Clownsknöpfe vor den Latz

Und wir sind dann beieinander anwesend
und hören uns zu wie wir
die Geschichte unseres Lebens erzählen
jeder bereit einzuspringen falls der andere
den Faden verlieren sollte

Und dabei möchten wir auch lernen
sehr kleine Dinge auszusprechen
und wäre es selbst
später im Oktober um sechs Uhr nachmittags
wenn unsere Stimmen heiser werden
von der aufsteigenden Kellerluft
nur eine Art Wiegenlied
eine Einflüsterung sozusagen:

»Komm, mein Schäfchen,
  ich halte dich bei den Locken
    bis es blau wird und die Steine glühn!«

Natürlich haben wir erfahren
  daß wir auf ganz andere Weise
    vorwärtskommen müssen mit unserer Aufgabe
      Arbeit gleich Kraft mal Weg
  daß wir sie allein lösen müssen
    weil sie für jeden
  auf einer besonderen Seite des Lehrbuchs steht

Aber wir wollen uns jetzt tatsächlich bemühen
  Freunde wiederzufinden die vielleicht irgendwo
    zur Ruhe gekommen sind ohne uns mitzuteilen
      wann sie sich verändert haben
denn wir sind fast sicher
  daß unsere Berufe und Bedürfnisse
    nicht so weit auseinanderliegen
  als daß nicht jeder von uns auch zu Fuß
    sich auf den Weg machen sollte

Und manchmal denken wir
  daß alles
    ganz einfach sein könnte
und manchmal wissen wir dann
  fast gleichzeitig
    überhaupt nicht mehr weiter

Auch einer

In London zuletzt
Charing Cross
auf halber Höhe
der Rolltreppe aufwärts
wieder ein Doppelgänger
neben mir in der Menge
auf halber Höhe
der Rolltreppe abwärts

aufwärts
hat er sich abgestrampelt
auf der Stelle hastig
seinen Job gemacht und
in den Wechselrahmen an der Wand
laufend die Werbeplakate erneuert

Richtung Westend gegen neun

Ich weiß nicht mehr ist das alles gewesen
Jahr für Jahr oder waren es nur
ein paar ausgeflippte überredete Tage
die gleichgültig verdämmern in dem Gefühl
immer ohne Schlaf unter dem Fenster
gehangen zu haben festgekrallt an einem Seil
gezwungen früh wieder auf den Zug zu springen
auf den letzten Waggon in letzter Minute
pendelnd zwischen den Stationen am Morgen

Das Wetter und die Wäsche im Schrank verschiedene
Kombinationen ein Reißverschluß defekt die saure Milch
die Kaffeemaschine und hastig ein Ei den Mantel
oder lieber nicht die Tasche über die Schulter
Briefe einstecken auch ohne Marken Zahlkarten
Küchenfliegen und faule Äpfel die Mülltüte noch
in die linke Hand das Rezept vom Arzt die Schlüssel
die Wochenzeitung den Nachbarn auf die Matte
der Läufer locker am Absatz der Treppe Vorsicht
die Haustür nicht ins Schloß der Pensionär
erste Etage Hausmusik und immer ein offenes Ohr

Knirschender Kies Abfalltonne Gartentor in die Kurve
brüchiges Pflaster die Gullydeckel eiserne Quallen
eine Handvoll Amseln im Drahtkorb an der Laterne
after-shave-Herren zur Villa vom Fußballbund
der Briefkasten an der Ecke nächste Leerung erst
viertel nach zehn nirgends eine richtiggehende Uhr
die taubenblauen Markisen am Architektenbüro

die ausgefallene Ampel links rechts frei geradeaus
eine reifere Frau erklärt der andern daß sie wirklich
ein ausgesprochen menschlicher Mensch ist und trotzdem
diesen Mann aus den Augen oder besser gesagt
aus der Psyche verloren hat und nun Diät halten will

Hinter dem Zaun kläffende Pudel und Pekinesen nebenan
im Blumenfenster zwei dösende Bassets Halsbänder pink
Keramikbäuche auf weichen Kissen havannabrauner Velours
echte Comforter scheinbar aus einem Hurenhaus
Haut- und Geschlechtsleiden-Krüger an der Garage
Handschuhe Doktorchen Nelke und Chauffeur in Livrée
polierte Kühler auf den Gehsteigen Jahrmarktsbeine
im spiegelnden Chrom laufende Nummernschilder Antennen
an vibrierenden Karosserien aus den geöffneten Türen
heiße Schwaden Metallgeruch Gummireifen und Benzin
die Apothekerin foxterriergrau und entsetzt Orgasmus
Orgasmus schreien die Jungs auf den Rädern hinter ihr her

Das Holzgerüst am Haus bei den Pappeln frischer Putz
resedagrün Zementtrommel ausgehobene Steinplatten
ein praller Schlauch am Hydranten lose Kabel Rohre
dampfende Teerflächen auf dem Aral-Parkplatz
das Personal der Werbeagentur Harris-Tweed lässig
gerollte Schirme Trikolore über der Auffahrt
kupferne Sonnenuhr Pavel der Gärtner der abends
vor seinem eigenen Schatten erschrickt in den Straßen
und dringend jetzt ein treusorgendes Mädchen sucht

Gelbe Wolken in den Scheiben der Hochhäuser
Kräne über den Schieferdächern Polizeihubschrauber
Bagger am Rinnstein die kleine Nicole will
ihre Großmutter beerben noch vor den Ferien
das verlassene Konsulat hinter weißen Mauern

seltene Augenblicke Süden Magnolienbäume Klematis
Marmorengel die Gitarre zerhackt in der Laube
aus dem Souterrain eine silberne Querflöte Johannes
mit ersten Fingerübungen vor Seminarbeginn
Roter Wedding grüßt Euch Genossen

Den Parkweg entlang am inneren Ring der Stadt die Jahre
starten durch im September die Kerzen blühen wieder
auf kahlen Kastanien betörend flambierte Zuckerhüte
Laubsäcke auf den Bänken liegen zusammengerutscht
wie betrunkene Lagerarbeiter in stahlblauen Kitteln
ein lauer rußiger Wind fetzt über die Büsche Autoströme
flüssiger Lärm ostwärts westwärts ununterbrochen
in Wellen dazwischenstürzen geschliffener Asphalt
vierspurig unter den Füßen Wienerwald andere Seite
Industrie- und Handelskammer Feuersozietät die Fassade
der Bibliothek verblaßtes Rot Nixon go home er muß
es gelesen haben im Botanischen Garten drüben
fangen die Türken Goldfische aus den Teichen
an der Drehtür zur Mediterranen Abteilung ein nackter
bebrillter Faun der lockend sein Glöckchen schwingt
schlendernde Damen mit Haarnetz und fleckigen Armen
und feiste Gürteltiere an der Kasse beim Haupteingang

Eine Tanzschule gegenüber Theaterverlag mit Probebühne
Imbißstand und Obstkarren neben der Anschlagsäule
Rostropowitsch Rostropowitsch Pollini die milden
schmeichelnden Backen von Peter Alexander und Jesus Lebt
die Rechtsanwälte Vater und Sohn eine einzelne Rose
zum Geburtstag das Reisebüro unter den Arkaden
an der Haltestelle ein bekanntes Gesicht Morgen
schon gut Morgen guten Morgen sonst noch was Föhn
vielleicht ob es den auch bei uns jedenfalls Migräne

Einbahnstraße besetzte Häuser fünfsprachiger Kinderladen
der Küchenchef schreibt täglich Eintopf mit Krakauern
auf die Tafel vor dem Sinalco-Schirm am Geländer
macht der Postbote wieder seine Schnürsenkel zu
das smarte Kind mit dem täglichen Harrod's Beutel
der tägliche Mini Morris der ockerfarbene Volvo
der altersschwache Köter täglich auf den Stufen
das tägliche Portal unter goldenen blanken Lettern
der Brustansatz der Telefonistin ihr schwerer Blick
die täglich dunkler werdende dunkle Stimme

Die Zeitmaschine tickt die Warnsignale leuchten auf
im Fahrstuhl ist die Stadt zu Ende aufwärts und
abwärts in Richtung Ewigkeit ein Neonlicht auf Erden
schält allen die Augen aus und Lungen flattern
in klimatisierten Gängen einladend offen stehen
Türen zu sauberen Urnengräbern aus Eternit
die Hauptpersonen der Handlung begeben sich
abwesend auf die Flucht nach vorn
in eine gläubige Reproduktion
das Leben und die Natur ahnen sie
auf der Leinwand hinter den Kippfenstern
Trickaufnahmen nichts als Trickaufnahmen der Realität
in Farbe Cinemascope und Endlosprojektion

Im Wendekreis der Sackgassen

Im Park flattere ich
mit den Klosterschülerinnen
über die abfallende Wiese
biegsam und unantastbar
wie die Seerosen im Teich
unter Naturschutz
ignorant wie ein Schwanenhals
Tücher um die Schläfen
kratzend vor Reinheit
mit keuschen Röcken
nicht ein bißchen gefällig
kichernd unter den Bäumen sonnenbefleckt
neugierig den kürzesten Weg
durch das schmiedeeiserne Tor

Das Gitter wölbt sich über uns in den Himmel
senkt sich aber dann
herab zu einer rostigen Parabel und bildet
die Dachkonstruktion der Bahnhofshalle unserer Endstation

In diesem Käfig begrüße ich mich wieder
leidlich konserviert doch schon welk in den Spitzen
als Salatkopf
den ein alternder Schimpanse
auf seinem Schädel deponiert
um sich zunächst mit einigen Bananen abzugeben
die zweifellos nahrhafter sind

Zurückgestellt beobachte ich von höherer Warte aus
  wie Herrschaften verschiedener Provenienz
    agieren in festgesetzten Vorstellungen
je nach Tageszeit und Temperament
  werden Purzelbäume improvisiert
    bleiben Verrenkungen in den Knochen stecken
  krümmen sich viele schamhaft um ihre eigene Achse
    schwingen mit fahriger Virtuosität
      weiter von einem morschen Ast zum andern
  läuft einer allein unbeirrbar
    die Unendlichkeitsschleife ab

  während sich der nächste
    in einer autistischen Kachelecke
      seinen Hintern verkühlt
  klatschen einige voller Wut im Takt
    ihre Scheiße gegen die Trennscheibe
  schneidet die Mehrzahl aber Grimassen
    die verständlicherweise Probleme aufgeben
zu deren Lösung schlanke Denkgebäude errichtet werden

Eigentlich sollte der ganze Zoo umziehen
  in neue großzügig konzipierte Anlagen
    für deren Innenausstattung jedoch
  Pläne und Mittel nicht mehr zu finden sind

Der kühne Komplex wird deshalb
  noch als Rohbau wieder abgerissen
    in der Zuversicht
      über die Trümmer
    sich zu verständigen

Allegorie

Die *Verlassenheit* ist
ein gigantischer Autofriedhof im Zwielicht
auf dem die Shredder
ununterbrochen arbeiten
Tag und Nacht

Was würde ich machen ohne
diese zuverlässigen Maschinen
die den erbarmungslosen
aber wohlkalkulierten
Zugriff der Natur nachahmen
und alle Wracks die hereinkommen
ach alle Wracks
in kürzester Zeit und ohne viel Lärm zerlegen
in ein unberechenbar variables Puzzle

Gewittergraue Blechsplitter
in denen die abwesende Welt
von Zufall zu Zufall
sich schillernd spiegelt

Wenn ich ganz gleichgültig bin
kann ich damit spielen

Es wird wieder Zeit

Es wird wieder Zeit
es wird wieder
vorsorglich Energie rationiert
es wird wieder
dem Fesselballon Welt
Luft abgelassen und eingeholt wird er
auf den Boden der Tatsachen
es wird wieder
zur Erholung
die Erde aufs flache Land geschickt
es wird wieder
alles eingepreßt
zu einer Scheibe und im alten Tempo
das Schlagerpotpourri von gestern abgespielt
es wird wieder
unbesehen
geschunkelt in den Kutschen die rückwärts
abgefahren sind am Brunnen vor dem Tore

Es wird wieder
eine Morgengabe
verlangt im Abonnement Hörzu
bitte wir sind doch alle Nachbarn
guten Tag und guten Weg
und danke für meine Arbeitsstelle

Es wird wieder
ein schöner Feierabend
gepflegt und besinnlich

Lieder auf den Lippen in der Grundtonart
und ein Huhn im Topf und ein Spatz in der Hand
und der eigene breitgetretene Quark auf dem Teppich
und ein Schritt vor die Tür im Kreis der Lieben
und ein Blick in die Welt mit Gemeinschaftsantenne
und die Angst im Nacken wenn aus dem Keller
der Computer laut im Leerlauf dröhnt

Und es wird wieder Zeit
es wird wieder
Gäste geben hinter dem Zaun
Rebellen in den Bergen und Tagediebe in den Parks
Gauner an den Ecken und Penner im Asyl
es wird wieder
eine Horde
schräger Vögel einfallen über Nacht
alle abgestellten Instrumente besetzen
und visionäre Klangbilder ausmalen
es wird wieder
phantastisch
aufbrechende Spielweisen geben und
frei improvisierte Abwandlungen
es wird wieder
dieses ganze Lumpenpack
seraphisch tönende Balladen anstimmen
und jeden der auf sich hält
hinter dem Ofen hervor auf die Straße locken

Und es wird wieder
nur eine Bedenkzeit
eingehalten von abwägenden Häuptern
und wachsam die Entwicklung verfolgt
und dann wird wieder
unisono

von den Kathedern Kanzeln und Tribünen verkündet
daß die Musik hier und heute
und die Welt und die Welt
doch ja eine runde Sache sind
und daß zu jeder Zeit
die Kultur
von unten noch immer
sich erneuert hat

Ende des Illusionstheaters

Mit einem unglaublich sensationellen Programm
souverän inszeniert
von ausgebuchten Regisseuren
glänzend besetzt
mit anerkannten Publikumslieblingen
unbesehen engagiert
von den führenden Häusern westlicher Kulturkreise

wälzt sich diese bombastische Maschinerie
bürgerlicher Haupt- und Staatsaktion
auf Tournee durch die Lande
bis bei einer Galavorstellung in südlichen Breiten
unüberspielbare Konditionsschwächen auftreten
der jugendliche Held über einen Meridian stolpert
und nach einem Little Bang
das ganze Ensemble herausgeschleudert wird
aus dem ersten Weltbild der Drehbühne

Auf menschenleerem Terrain erwachen alle
als mickrige Monaden
arrangementbereit mit der Not der Zeit
entgegen dem Uhrzeigersinn
versuchen mit kämpferischen Vorstellungen
bei den herrschenden Naturgewalten
ihre Existenz zurückzugewinnen
werden aber von anonymen unbestechlichen Mächten
ohne jede Reserve überfahren
und im Abseits versprengt zurückgelassen

Sprachlose Statisten in einer verkehrten Welt
wo Ursache und Wirkung
zwei verschiedene schiefgelachte Stiefel sind
wo ein Narr
vor jeder verlassenen Herberge schellt
wo das Leben
über Piratensender läuft die man nicht empfängt
wo ein idealisches Bild
staubig schillernd als Fata Morgana verweht

Ein Bankrotteur vor der Schöpfung jeder
für dumm verkauft und unbelehrbar zum besten gehalten
aufgerieben zwischen die Pole gefallen
in einem flüchtigen Wahrscheinlichkeitsmoment
über die Dünen geschnellt hinab zum Meer
und die Orientierung verloren
radialschwindlig
im Mittelpunkt eines Seesterns

Und aus dem Sturmtief der Verwirrung schließlich
wenn alles sich eingetrieselt hat
auftauchen wie ein Zyklon
ruhig durchatmen
und den Kammerton a
anstimmen
a wie Anfang

Alle Herrlichkeit auf Erden

Abtragen
alles abtragen
den ganzen Plunder
zusammenkarren
und in den großen Kessel stopfen

Einen kleinen festen Filzhut kochen
als Wetterschutz
als Pinkelpott
als Freßnapf
als Kotztüte
als Füllhorn

Auf einem blankgewaschenen Stein hocken
und alle Sinne verlieren
an das Nichts
an das liebliche Nichts

Freie Fahrt

Sind wir nicht selbstverständlich
sicher gestartet auf jeder Bahn
haben wir nicht ohne Panne
die Maschinen gelenkt und blind
jeden beliebigen Punkt der Erde erreicht
im Verkehrsnetz unserer Gesellschaft?

Wie in aller Welt und warum
dieses Unwetter
über dem sonnigen Erlebnishorizont
die Kollision mit dem eigenen Schatten
der Sturz durch ein Luftloch im freien Fall
und die Notlandung auf dem schlingernden Wolkenfeld?

Machen wir hier Station im Raum
wie Pilger
über Land zu immer dem gleichen Ziel
wie Zugvögel
unterwegs auf immer der gleichen Route
wie unbekannte Körper
im Anflug auf immer die gleichen fixen Ideen?

Verfolgen wir doch den Kurs zurück
und erkennen unter uns tief
unfreiwillig nur eine einzige Spur
den aufgezwungenen roten Faden
das eiserne Lasso unserer Nabelschnur!

Werden wir jetzt den Aufwind
wahrnehmen wieder abheben
die Angstbeschleunigung übergehen
und das Stolpern der Motoren
werden wir jetzt die Augen
weit offenhalten und geradeausstarren
auf die Rückenlehne unseres Vordermanns:

Your life-jacket is under your skin

Über den Berg

Da haben sie mich ganz schön
aufs Kreuz gelegt
in Kommission genommen und ausgestellt
in diesem Freiluftschaukasten
am Arsch der Welt am Ende
ein Fernziel für Bildungsreisende
die immer wieder kurz
eingeflogen werden sich
außerordentlich interessieren für
meine turbulente Einöde
und hinterher sagen können
sie hätten mich hier
teilnahmslos
hängen sehen am letzten Tag
vor ihrer Rückkehr in
die besten aller vier Wände

Hallo du
Wanderer warum
bist du weitab und so spät
noch unterwegs warum
starrst du mich so an
ich gefalle dir wohl
die alte Tour aber
ich mache keine Miene mehr
zu irgendeinem Spiel kein Einsatz
kein Wink die Hände
sind mir gebunden im Moment
du verstehst schon früher

sind meine Zeichen immer
mißverstanden worden obwohl ich mir
wirklich Mühe gegeben habe
deutlich zu sprechen und später
habe ich dann nur noch
gelächelt im Vorübergehen

Machs halblang und komm mir
nicht zu nahe ich rieche
nicht mehr so angenehm ich
bin gar nicht präpariert und taub
ohne Blick ich summe ein wenig
im Schmerz ich habe Durst ja
dein Angebot ist gut gemeint aber
glaubst du denn ich hätte
Appetit auf deinen aufgeregten
gesalzenen Hering ich habe doch Durst
ich habe großen Durst kannst du nicht
andere Quellen flüssig machen

Kannst du nicht etwas Neues
erfinden und dir vorstellen du wärst
vielleicht ein netter junger Mann
vom Y.M.C.A. blond und tatkräftig
und würdest ohne viel zu fragen
dein Tagessoll an mir erfüllen oder
kannst du nicht einspringen
bei den Außenaufnahmen und
vielleicht ein richtiger Held
sein oder wenigstens als Stuntman schnell
eine blödäugige Kuh besorgen und mir
das Milchbad einlassen oder besser noch
für die nächste Einstellung

eine Herde Schafe auftreiben und
mich mir abnehmen
einem unter die Wamme binden und
davonjagen über das Karstgestein
aus dem Bild hinaus

Die ganze Sache ist etwas überdreht
ohne Zweifel oder willst du
vielleicht ein Happyend
inszenieren und mir
die Augen öffnen im Tal
auf einer grüngestrichenen Wiese
voller
Himmelsschlüsselchen

Christliche Seefahrt fern der Heimat

Im spitzen Winkel meerbeleckter Landzungen
sitzen festgekrallt immer noch trocken
kinderlose Witwen ohne Kanarienvogel und Hund
verfallende unbewimperte Weichtiere scharf
ausspähend nach antreibender Beute

Eine wie die andere barmherzige Schwester
sehnt einen Kadaver herbei
einen lohnenden Pflegefall
Verteerte Gestrandete aufsammeln
ein Bett frei im Hospiz
einseifen und zusammenflicken
mit dem alten Garn aus der Erste-Hilfe-Kiste

Natürlich überhebt sich gleich die erste
Krämerin an ihrem Bauchladen schon kommt
die aufwallende Hitze der Schwindel und
für die Dauer einer kurzen Ohnmacht
die Verfrachtung landeinwärts auf der Schlickrutsche
amphibisch verfahren atemlos lauernd auf einen
brütenden Sommer hinter dem Dünenrand:

Oh ja großer Gott der Strandkorbvermieter bei Ebbe
knackt er blasse aufgeweckte Abiturientinnen
die im Hotel Bellevue eine Saison lang
auf ihren Studienbescheid warten und lernen
wie man Suppenteller in der Armbeuge stapelt
wie man schwitzt in schwarzen synthetischen Stoffen wie man
für einen Klacks Geld unzumutbar ausgenutzt wird

Und dann stellt sich eine berufstätige Mutter hin
verstiegen wie sie ist obwohl sie
einen ganz müden Eindruck macht und behauptet
sie könne ohne weiteres in einer Krise oder so
eine Sonnenbrille für 160 Mark kaufen
das würde ihr gar nichts ausmachen da würde sie
überhaupt nicht überlegen auch wenn sie
keinen Pfennig in der Tasche hätte das Leben
geht schon irgendwie weiter man sieht es doch

Da ist wohl eher diese patente Frau über dreißig
zu bedauern die sicher einiges auszustehen hat
sich nun sogar ihrem Mann verweigern und wiederholt
darauf pochen muß daß er die Kurtaxe bezahlen
und sich gefälligst daran erinnern solle daß sie
damals schon nie einen Orgasmus gehabt habe
solange nicht auch die letzte Rate
der Schlafzimmermöbel überwiesen war-

Wo aber bleibt sie selbst schließlich
eine schöne Seele
inmitten dieser Freikörperkultur
auf der wahren Höhe des Jahres die sich so rücksichtslos
abschlaffen läßt in stickigen Niederungen
wenn sie nicht protestiert wenn sie nicht angeekelt
von sich weist was sie vorfindet wenn sie nicht
tatsächlich vor Empörung kollabiert
wenn sie nicht jetzt
in einem heftigen Entblutungsschock
ihr Quallenherz gebären kann
aus keifenden Lippen sengend in den Sand
weil es letztenendes

ihre einzige Wegmarke sein wird
außer einer Bannmeile Ahnungslosigkeit und Eifer
einem Stück Niemandsland auf einem Gottesacker
einem Findling mit ein paar Worten vom Anfang und Ende
ihrer nie dagewesenen Geschichte
ohne Augenzeugen und Erben
erschienen im Selbstverlag als Blindband
eine Bibel mit Anleitung
zur Eigenseligsprechung

Unbeschreibbares Blatt

Gescheitert über einem Berg Papier
sitz ich nun schwankend da
und muß bekennen
daß
ich meine wenn
der Mensch
in seiner Qual
verstummt
gab man auch mir
letztenendes
keinen Ghostwriter

II

Herr und Knecht

Narziß ist ein aufmerksamer Beobachter
nicht die geringste Bewegung
seines Gegenüber entgeht ihm

Beide sind unruhig
seit einiger Zeit

Wenn sein Gefährte meint
der Wasserspiegel
sei nicht mehr klar wie zuvor
kann Narziß beweisen
nur der Schatten einer Wolke
hat das Bild getrübt

Wenn sein Gefährte meint
sich mit den Fischen zu tummeln
müsse heiter sein und bewegt
gibt Narziß zu bedenken
bald sind alle entglitten und das ganze
ist ein kindisches Spiel

Wenn sein Gefährte meint
das Meer
stünde ihm offen jederzeit
muß Narziß warnen
es ist weit und am Ende
ein Untergang

Narziß wird immer gute Gründe haben
und sein Gefährte wird alles einsehen
denn er ist verständig und hat Sinn
für entwaffnende Vorstellungen

An einem lauen Spätnachmittag aber
wenn Narziß selbstvergessen
seinen Blick ruhen läßt
wird sein ergebener Freund
sich aufbäumen
Lichtpfeile bündeln
und ihn blenden

Der Sprung

An einem luftigen Junimorgen
bin ich im Galopp durchs Gelände geritten
auf einem Pferd das hatte
eine kurzgeschorene Mähne
aus Rasiermessern

Vor dem Bach scheute das Pferd
ich bin vornüber gefallen
und wurde zerteilt

Zu zweit kam ich
am anderen Ufer an

Bei freundlichem Wetter
sind die Schnittflächen
schnell getrocknet

Zwei rote Häute
eigenwilliger Maserung
haben sich gebildet
und so bin ich
rechts- und links-wirklich
geworden

Während ich einerseits
sanft und schön
an einer Marmorwand im Süden lehnte
und meine Narbe verborgen hielt
konnte ich andrerseits

bei meinen geselligen Umtrieben
in den Metropolen
nicht immer vermeiden
meine häßliche Seite zu zeigen
und ständig neue
tiefere Wunden

Im Herbst haben wir
ein Rendezvous an jenem Bach

Vielleicht
gehen wir ins Wasser
und binden uns
mit einem Blumenkranz um den Kopf
wieder fest aneinander

Make-off

Aus einer anderen Welt erscheine ich mir
flackernd in diesem Spiegel
als gefallener Engel
ein Altarbild
unsrer lieben Frau
von der gesellschaftsfähigen Schönheit
verhangen in den Tagesschatten
abgeblitzt in einzelnen Momenten und tief
eingependelt zwischen verzerrten Mundwinkeln

Alle Poren spüre ich öffnen sich
zu Löchern in der Luft
aus den Augen rinnt flüssiges Porzellan
das Fliegennetz über den Haaren reißt
und dünn in Zweierreihen laufen
die Ameisen aus unter den Nasenflügeln

Mein entführtes Gesicht ertaste ich
sacht mit den Fingerspitzen
ein paar Handgriffe noch wie im Schlaf
Reinigungsmilch unter die Haut Lotion auf die Tupfer
erfrischen und glätten und alles regenerieren
und die Fassung zurückgewinnen en face und
ein Aufwind im Dunstkreis über dem Körper
eine Dusche und eine Emulsion
und drei vier Tropfen DNS endlich
als Stärkung für den nächsten Tag

Die Adstringenzien regelmäßig
nicht zu vergessen
eine hingebungsvolle Pflege
und über Nacht
über Nacht wenigstens im Traum
paßt mein Bild wieder in seinen Rahmen

Hommes à femme

Wenn eine kleine unscheinbare Frau
lange kluge und ein wenig
lispelnde Reden hält
über Don Juan und Casanova
dann stehen so Männer auf
und zischen Herrgottnochmal
was soll das überhaupt
die ist doch viel zu fipsig dafür

Aufklärungsstunde

Manchmal im Lauf der Geschichte
hat man uns
den kleinen Finger gereicht
und als wir dann
die ganze Hand nehmen wollten
ist es bei Licht und Verstand besehen
doch nur ein Pimmel gewesen

Ach du heiliger Bimbam
das war wohl der falsche Griff
da sind wir doch jedesmal unfreiwillig
an die falsche Spezies geraten
an eine abgelebte Art
die pars pro toto immer noch weiterspukt
an den Appendixband einer überkommenen Philosophie

Ungläubig staunend und voll enzyklopädischer Neugier
betrachten wir jetzt die letzten Exemplare
dieser omnipotenten Eroberer
mit gratis verliehenem Orden unter dem Feigenblatt
dieser lärmenden Greifschwanzäffchen
mit funktionslos leierndem Imponiergehabe

Dieses weltbewegende Zipfelchen
erkennen wir nun
das war immer nur
das dicke Ende einer Schnur
an der man Hampelmänner springen läßt

Und wie sie sich abgestrampelt haben
die Hacken haben sie sich abgerannt
in die Knie sind sie gegangen
und wieder aufgestanden
ihre Ellenbogen haben sie benutzt
die Hände aufgehalten
und ab und zu
ihre Finger krummgemacht

Einiges allerdings hat sich
hinter ihrem Rücken abgespielt und
so ein Marionettentheater
ist inzwischen nicht mehr gefragt

weil wir heute alle ja
schon in die Schule gehn

wo wir zum Abschluß der Lektion
alles nochmal überprüfen wollen
sämtliche Jahrgänge der HUMAN REVIEW herbeiholen
und in jeder Nummer lesen können
schwarz auf weiß in der headline:

Der Pithecanthropus erectus
ist seit längerer Zeit
ausgestorben

Die eigene Sage

Ich dachte
du kämst an meinen Hof
wie Siegfried
aber du hast dich eingeschlichen
wie Gunther
in ein gemachtes Nest

Und ich bin
aufgebrochen
wie eine Furie
in meinem schon legendären Zorn
und habe
Eroberungen gemacht
auf einem einzigen Rachefeldzug

Jetzt will ich mich zurückziehen
aus dieser Geschichte
und ersuche
um freies Geleit
an einen Ort friedlicher Verhandlungen

Renaud

Für Henning

Flöte und fliehendes Kinn
   ich habe
            einen Sohn gehabt
der war neun Jahre als er nach mir starb
Knospenkopf
            haarfeine Blütenblätter
   du sprichst so leise
      konnte er sagen

Im ersten Licht

Wenn wir uns gedankenlos getrunken haben
 aus einem langen Sommerabend
  in eine kurze heiße Nacht
wenn die Vögel dann früh
 davonjagen aus gedämpften Färbungen
in den hellen tönenden frischgespannten Himmel

wenn ich dann über mir in den Lüften
weit und feierlich mich dehne
in den mächtigen Armen meiner Toccata

wenn du dann neben mir im Bett
deinen ausladenden Klangkörper bewegst
dich dumpf aufrichtest und zur Tür gehst

und wenn ich dann im ersten Licht
 deinen fetten Arsch sehe
  deinen Arsch
       verstehst du
 deinen trüben verstimmten ausgeleierten Arsch
dann weiß ich wieder
 daß ich dich nicht liebe
          wirklich
  daß ich dich einfach nicht liebe

Ein Karneval

Die Unschuld geht in diesem Jahr
als eine zärtliche Zigeunerin auf der Flucht
wildernd durch Gärten und Felder
läßt sich bei ihrer einsamen Ernte
befallen von der Reife
einer eiligen Mittsommernacht
nimmt mit schamlosem Lachen
stolz ihre Schändung hin wenn sie
aus der goldgrünen Schaukel steigt
und die Ähren mit schweren Ruten sie geißeln
die Zikaden und Grillen an ihren Haaren sägen
bis dann im dürren Morgennebel
der illuminierte Festplatz versinkt
ihr prächtig geflickter Umhang
über die brachliegende Erde weht
während sie insichgekehrt dasteht
mit ihrem bloßen unbefreiten Körper
und einer abgeschminkten Idee

Ein Fall guter Hoffnung

Wie kann denn ich mich
eine Kindsmörderin nennen
wenn doch ihr Heuchler
in fetten schlagenden Wörtern
öffentlich eifernd euch ergeht
in verbrämten Pantoffeln einig nur
über einer Zeitungsente am Sonntagmorgen

Ist es nicht in der Tat
ein gelungener Coup
wenn ich endlich
nach so bitter verhörten Nächten
meinen Fall geklärt meinen Alp gestellt
und diesen erbärmlichen altgeborenen Wechselbalg
zurückgebracht habe in den Schrebergarten
zu euren hinterhältigen gelackten Zwergen

wenn ich endlich
nach so tiefen schleifenden Nebeln
mit einer Sichel Neumond
diesen Brackwasserkopf getrennt habe
von dem elenden untergeschobenen Wanst
dieser faulen Weißkohlpuppe
hell knirschend unter dem Säbelhieb

Bin ich denn nicht in Zukunft
ein freudiges Ereignis
wenn ich jetzt endlich
allein schwanger gehe mit mir selbst

wenn ich jetzt endlich
meinen Mist und Schweiß und Jammer
den drängenden Leib meiner Liebe
die überfälligen Träume
aufrolle und
eine Lawine Welt ans Licht bringe
aus flüssigem Marmor

meinen Planeten
frei und lärmend im Äther
lapislazuliblau
wie die aufgehende Erde

Nur noch Bäume

War es die Frühjahrsüberschwemmung
oder das gebrochene Eis:
kahle kirgisische Birken
und während ich falle
das Schimmern der Zweige
haselnußbraun
überblendet
gegen den Himmel

Ein paar helle Fetzen zum Schluß
grün:
die Ahornwälder in Vermont
die Kastanien am Nachmittag von Wissembourg
und die Platanen auf dem Cours Mirabeau

Ein Tabakblatt auf deiner dunkelblauen Brust
Wer warst du denn?

Entfremdende Arbeit

Es macht mir wirklich nichts aus
dir in der Küche zu helfen
aber manchmal vermisse ich jetzt
diese zögernden halbwachen Momente
im Türrahmen gelehnt und dir zugesehen
wie du ein Frühstück eingesammelt hast
mit deinem ganzen Körper

Du hast immer den Tee
Häufchen für Häufchen abgemessen
in der Mulde deiner linken Hand
und mit den Zähnen
eine Packung Schnittkäse aufgerissen
die Tür des Kühlschranks hast du
mit dem Schenkel zugedrückt
und sperrige Eierpappen eingestampft
mit deinen Holzpantinen

Du hast immer mit dem Ellenbogen
Kochtöpfe von der Herdplatte geschoben
und andere aufgesetzt die mit beiden Händen
kaum noch zu halten waren

Du hast immer diese Pfannenschippe
in der einen Hand gehabt
und einen Keks in der anderen
und ein rutschendes Geschirrtuch über der Schulter
wenn irgend etwas Flüssiges zu Boden ging
und du mit bloßen Zehen

einen Lappen hervorgezerrt und gewischt hast
als wäre ein Hobel unter deinem Fuß

Und wie ein verschlafener Posaunenengel
hast du immer leicht entrückt
in die kochende Milch geblasen
und die 5-Minuten-Eier heiß
in die Brusttasche deines Bademantels gesteckt

Es ist immer so besänftigend gewesen
zu spüren wie du voller Zuversicht
alles anpacken konntest am Morgen
selbstvergessen in einer Beweglichkeit
bei der ich mich einig fühlte mit dir
auf den ersten Blick

Wenn ich jetzt neben dir stehe in der Küche
und auf meine Art
aufmerksam hantiere mit den Dingen
habe ich dich nie mehr vor Augen
und seit wir tatsächlich miteinander anfangen
habe ich aufgehört zu erleben
wie es wirklich ist
wenn du und ich einen Tag beginnen

Ich bin dir näher gekommen vielleicht
aber du bist jetzt immer
eine halbe Stunde
weiter weg

Todtraurig

Im Schatten allein mein Liebling
sind wir uns plötzlich nah
lächelnd mit bitteren Lippen
still und unbedeckt brennend
nach einem Zwischenfall

Du kannst mir nichts vormachen
Bruder Schlaf hier ist
ein Körper der sich bewegt
auf seinem Rücken verborgen
sitzt der Magnetpol das Mal
dunkel ist es gewachsen
seit wir Kinder gewesen sind

Hatten wir nicht schon früher
beide das Leben verprellt?

Fängt jeder sich deshalb wehrlos
in seinem eigenen Hinterhalt?

Geht immer wieder besessen
unendlich müden Erfindungen nach
in einer längst von allen entdeckten
nur uns verrätselten Wirklichkeit?

Senso unico

Zerredet und dröhnend über die Autobahn
    unverwandt geradeaus
zusammengesackt in den Sitzen klebrig
    Zigaretten in der Zugluft
beim Überholen einer diesigen Flußlandschaft

An der Grenze erst nach Stunden
mit den Blicken des Kontrolleurs
    begegnen sich
                        prüfende helle Augen
    und fragen nach
                            ernsthaft:
    Identität?
        Voraussichtliches Reiseziel?
            Irgendwelche Erklärungen?

In heftigen trockenen Schüben
    wieder und wieder
                                angestrengt
    atmet die Spannung durch
und löst sich dann auf endlich
    in ein längeres Lächeln

Eine weite Strecke lang legst du nun
    warm deine Hand auf mein Knie
        und ich halte sie fest
und ich denke nicht mehr daran
    was alles auf uns zukommen könnte
        wenn wir umkehren würden
        oder aussteigen unterwegs

Sonny-Boy

Wie du mir entgegenkommst *funny that way*
ein Cordsamtteddy federnd auf lautlosen Sohlen
balzfarbenfroh die Krawatten ungeheuer lila
oder quietschgrün wie ein Gigolo im Frühling
wie du aufhüpfst vor mir grinsend
und mich dann umarmst
die Nasenflügel schnuppernd an meinem Hals

Und natürlich bist du wieder groggy
gestern irgendwo versackt diese Zufälle
eine ganz alte Geschichte von früher
damals im zweiten Semester ich weiß ja
die Welt ist klein und was sollst du machen
wenn sie hier gastiert in der Komödie am Zoo
rothaarig und immer noch ein irres Temperament
wenn sie dir hinreißende Vorstellungen macht
sollst du da lange fragen und nicht
alles mitgehen lassen von der Werbefläche
dieses bunten Abends *especially for you*

Aber schön bin ich heute und ich rieche gut
das willst du jetzt nur mal gesagt haben
galant wie ein Honigkuchenpferd ob es mir paßt
oder nicht da habe ich wohl herausgefunden
aus dem Muspott meiner letzten angeknacksten Tage
da habe ich doch glatt dein blödes Rezept befolgt
und mir die Haare gewaschen mich sorgfältig
gekleidet und eine Stunde lang geschminkt
da mußt du schon zufrieden sein und ich dankbar
denn das Ergebnis gibt dir offensichtlich recht

Und dann stellst du wieder dich selbst
und deine Küche auf den Kopf
kommentierst nicht zum erstenmal langatmig
und liebevoll die Zubereitung deiner berühmten
bei allen Frauen berühmten Spaghetti
die *al dente* werden müssen auf die Sekunde
al dente also was das heißt wörtlich
weißt du auch nicht aber du machst
eine fast typisch italienische
Handbewegung dabei und fletschst die Zähne
wie Umberto aus dem Piccolo Giardino
und auch das Hackfleisch könnte heute
wieder nicht besser sein aber die Zwiebeln
kriegst du nie ganz fein geschnitten
das verstehst du nicht denn dies rostige Messer grade
schafft spielend eigentlich jede Fingerkuppe
und von den Tomaten sind einige verschimmelt
die wirst du aber reklamieren morgen
im Supermarkt wenn man Feinschmecker ist
läßt man sich das nicht gefallen

Aber ich werde nicht ungeduldig wohl ist mir
wenn ich zuschaue und zwischendurch erst mal
ein Hasenbrot essen muß rheinisch schwarz
mit Käse und einem halben Brötchen drauf
wenn ich dasitze ausgestreckt auf dem blauen Stuhl
auf Omma ihrem niedrigen Gartenstuhl
den du selbst gestrichen hast vor zwanzig Jahren
ach Omma mein Gott bald wird sie dir
Himbeergelee mitgeben und einen Sack Augustäpfel

Und dann endlich kommt die Pracht auf den Tisch
und der Wein steht in gepreßten Gläsern

wir knien uns hinein in den dampfenden Berg
und ich freue mich daß du dich freust wenn ich
immer noch weiteressen kann nach einer Pause
wenn wir reden über das Leben in dieser Stadt
über die Jahreszeiten in den Straßen
über gemischte Gefühle jenseits von Politik
und ich frage nach deinen New Yorker Fotos
die immer noch nicht entwickelt sind
und du fragst nach meinen Freunden
die du einfach nicht leiden kannst
und wir hören dann friedlich beisammen
den alten Miles Davis und Harry James
den unverwüstlichen Paul Whiteman
those dear dead days beyond any recall
und wieder ziehst du Mae West aus der Tasche
mit ihrer männermordenden Philosophie
find him fool him and forget him
und wieder ziehe ich mein Gesicht
ich mit meinen Bedenken und du
willst das so genau alles nicht nehmen

Aber wir lösen uns auf allmählich müde
nach einem langen Tag und weich vor Vertrautheit
die Haare kriechen aus deiner Brust
und die Augen kippen um mit der Zeit
wir liegen auf dem braunen Teppich
und der Motor des Plattenspielers summt
in der Stille und später bringe ich dich ins Bett
ich rufe ein Taxi und du läßt mich gehen
du weißt selber ja zu gut
daß ich noch nie
neben dir aufwachen wollte am Morgen
daß ich mir nie

eine Zukunft vorstellen konnte mit dir
weil du zum Glück
zu deinem Glück und zu meinem
immer nur in der Gegenwart lebst

III

Falltüren

Nie sind wir
auf diese Überraschungen
gefaßt wenn wir
an einem sanften Nachmittag
zu einem Besuch im Schloß
antreten festlich gestimmt und freudig
unsere verehrungswürdigen Gastgeber
begrüßen und dann
plötzlich
in einer Gedankenflucht durch die Säle
an den Lichtschranken vorbei
eine Tür nach der anderen öffnen und
vom Empfangssalon auf der Sonnenseite
geradewegs in den Kerker
schauen müssen auf fern dämmernde
fast verblichene Körper
die angerührt von unserem
heißen Entsetzen
sich bewegen die Augen
aufschlagen und elend still
und schön
unsere Blicke erwidern

Exit

Manchmal erkenne ich mich
immer noch hier
Galway
seit September
wundgelegen an dieser ungelenken Krankheit
für Rekruten und zaghafte Töchter
mit diesen lautlos rasenden
Achterbahnfahrten in meinem Gehirn
die wirklich Spaß machen denn die Zeit
vergeht so dünn und weiß dabei
daß mir viel leichter wird

Ivy Holy and Mistletoe
Make a Good Christmas
Wherever You Go küß mich
deine kühle Haut ist mir ganz nah
ich fühle deine Spinnwebwimpern fächern
Maria Maria Maria rufen sie mich
wireless sogar in meiner Sprache
woher wissen sie daß ich hier bin
aber ich mag Überraschungen
ich freue mich

Ich muß lachen und sofort
rückt diese muntere Frau näher
die ständig an meinem Bett sitzt
ihre Augen glänzen feucht sie scheint
ziemlich aufgeregt hastig fängt sie an
Geschichten zu erzählen sie vergißt
die Hälfte wiederholt sich aber
ich kann sie ganz gut verstehen

weißt du die Iren sagt sie
sind verquere Leute sie haben
Glatteis auf den Straßen
weißt du aber sie streuen nicht
sie besprengen nur ihre Autos
mit Weihwasser und dann glauben sie daran
ganz fest und jeden Tag schlägt jemand hin
denn jedem hat Gott einiges mitgegeben zum Brechen

Ein treuherziger Optimismus rein gegen
alle Regeln der Physik ich würde
ihnen gern meine Asche anbieten aber
nicht einmal die werde ich hinterlassen können
in diesem Land die Aufklärung
Aufklärung Solidarität Protestmärsche Fahnen
alle Bewegungen
sind zu Stehkadern erstarrt
und es kommt mir vor als hätte ich
über Jahre nur ein einziges monumentales
Bild von Delacroix studiert

Unser komisches
glückliches Pathos
paradiesisch hell in der Erinnerung
windstill
nein
ich bin nicht der Engel der Geschichte
gelähmt sehe ich tief unter mir
meine Flügel schleifen
wenn sie mich aufnehmen und wieder umbetten
ich bin eine fadenverwirrte wächserne Marionette
ich bin eine bleiche Fledermaus mit zerschlissenem Cape
ich bin fast körperlos

a fool on a hill
ein Zwischenspiel
and I'll go to bed at noon

Sie weiß es schon sie will mich
noch malen lassen bitte mein Kind
wirklich das ist überflüssig
ich habe eingefallene dunkle Augen
eine spitze Nase rissige schmale Lippen
wie alle da gibt es in Öl genug meine Schwester
ist viel pragmatischer Fotos machen es auch
sie sieht aus wie die Garbo
werden sie sagen
kurz vor ihrem Abgang
na also *certainly no comeback*

Da ist schon das Stichwort
ein Atemzug und
jetzt *it's you he announces it's you*
betroffen bin ich und jetzt
jetzt bin ich bereit
ein sanfter fieberfließender Leib
eine schöne junge Frau schön
in der Mattigkeit Gier Hingabe
ich will erlöst werden aber
nicht Du
Du draller dämlicher Flattermann
steck Deinen naseweisen Zeigefinger weg Du
scheinheiliger Popel-Joker
Dein Fernlicht blendet mich Deine alberne
schrille Neontaube
nein
ich bin nicht zu haben für euch in letzter Minute
ihr Gauner

ihr habt euch geirrt hier ist kein
Hôpital de la Conception
schert euch ihr himmlischen Heerscharen
up up and away zu euren Wolkenplumeaus
auf ein Viertelstündchen ewiges Leben
O. K.
you take the high way
and I'll take the low

Ich werde meine eigene winzige Sanduhr Tod
anhalten und warten in diesem Winter
ist der Frost so hart man kann nicht
die Erde aufbrechen in die ich will
aber sie laufen ja schon über die Amtsflure
mit steifen Mänteln und griffbereiten Taschentüchern
Wartelisten Urkunden Stempel
Urnen auf akkuraten Regalen
wie in einer Fayencerie

Wir werden alle völlig fertig sein
wenn es vorüber ist
im März
im März wahrscheinlich *full fathom five*
und du
jeden Tag siehst du jetzt
eine andere Gestalt
sich nähern und wieder entfernen
es ist gut
aber ich
versteh doch
ich habe gar keinen Sinn gehabt
eine beliebige Kombination
zusammengefallen
erstickt

Citizen Kane

Lang war jeder Tag
und der Schnee
das Licht meines weichen Himmels
und die Kälte
das Blut meiner glühenden Haut
und das Spiel
der Garten meiner tollwütigen Heiterkeit

Danach ist es nie Sommer geworden
Jahre sind vergangen in zugigen Häusern
nach den Uhren anderer
an Schreibtischen mit flüchtigen Papieren
mit falschen Wörtern in kaltem Zigarettenrauch

Manchmal noch nehme ich tastend
die Glaskugel auf und kehre
still für mich die Welt um
meinen erfrorenen Erdball
mein Winterauge
blind vor Schnee

An die Dichter

Die Welt ist eingeschlafen
in der Stunde eurer Geburt

allein mit den Tagträumen
erweckt ihr sie wieder

roh und süß und wild
auf ein Abenteuer

eine Partie Wirklichkeit lang
unbesiegbar im Spiel

Anfang älterer Tage

In memoriam Günter Eich

Vor sich roten Bordeaux
den Pullover bekleckert
die Hände unschlüssig auf dem Tisch
zwischen ungeöffneten zerfledderten Briefen
einem leeren Joghurtbecher Medikamenten
Kleingeld dem Flugticket nach Paris
sitzt er da
fernöstlich blinzelnd
in einen letzten märkischen Sommer
und stellt sich vor wie er
als Verwaltungsdirektor ehrenhalber
mit ungewohnter Macht ein Dekret erlassen
und uns alle in alphabetischer Reihenfolge
wegen der anhaltenden schwülen Kälte
und ebenso naßkalten Tropenluft
vorzeitig in den Ruhestand versetzen würde

Und wir reden so daher wie frei
wir wären zu reisen in *erfundene Länder*
güldene Heiterkeit Anemone gegenwärtig
wie gelassen wir leben würden am Ende
nicht ohne *den Trost der Bäume*

Ach meine Kleine sagt er leise
erahnbare Reste damals
als ich noch jünger war
heller noch und weniger still
ich lebe jetzt
auch ohne den Trost der Bäume

Im Alten Land

Lange bin ich nicht mehr
wie früher im Dezember
im Alten Land
die Feldwege entlanggekommen an Backsteingehöften
hinter braunen Kanälen hinter niedrigen
splitternden Zäunen und runden Rhododendronbüschen

Die ziehende Wärme aus den Fenstern
nach außen geöffnete Flügel verhakt
im Wind die milchigen Gardinen
weich gerafft über dem Efeu im Topf
den Alpenveilchen und den Begonien

Die gelben Äpfel an unbelaubten Bäumen
die Wäscheleinen in den Gärten
das Brombeergestrüpp und der zertretene Kohl
das graue Gerümpel vor dem Schuppen
und scharrende Tiere am Verschlag

Die nackte Luft zwischen den Deichen
der blanke Ausblick über die Ebenen
scharf wie eine Kaltnadelradierung
weitwinklig bis zum Meer
die flache Sonne klirrend unter den Fußsohlen
und die Hände fühllos fremd wie Prothesen

Und lange bin ich nicht mehr
wie früher im Dezember
nachhaus

zurückgekehrt unter die Lampe
mit sieben Segelschiffen auf dem Schirm
an den gedeckten Tisch mit Rosenporzellan
Silberkannenkaffee und duftenden Putten aus Marzipan
mit aufgeschnittenem Klaben in der Schale
und der Frauenhand
sanft neben der Tasse
und innig auf meinem Arm
wie jung ich war und eng
als ich sie abgewehrt habe
achtlos und verlegen

Die Nachmittage waren voll
selbstverständlicher Versprechen
der Himmel schneehell
wie eine Märzbecherwiese
und die Zukunft dahinter
ein sicherer Schimmer über dem Tau
so leicht und groß und griffbereit

Keine Insel

Wir sind jetzt vollkommen aufgetaucht
aus der Versenkung unter dem Meeresspiegel
wir haben uns zweckmäßig saniert und
angeschlossen an den Hauptstrom
des mittleren Fortschritts

Wir haben die Windstärken den Regen
den Kuhmist und alle alten
obdachlosen Freunde unbesehen
eingewiesen in das schmucke
Freilandmuseum für Natur

Wir sind ganz zufrieden jetzt
und stolz auf die Melkmaschine
auf die Süßwasserleitung in Küche und Bad
die elektrischen Heizkissen in den Betten
auf den Springbrunnen in der Stube
und die eingebaute Hausbar in der Zisterne

Wir haben schon einiges anzubieten
eine Vogelwarte für Anfänger zum Beispiel
eine Galerie in der Scheune
die Reisepistole des dänischen Königs
eine Nebenlinie Mommsen auf dem Friedhof
und unsern Pastor der schnackt
wie Kulenkampff auf der Kanzel

Und jeden Sonntag können auch
behinderte Heimkinder ungestört

auf unseren Wiesen spielen
ein Bild wirklich ein Bild
friedfertiger Harmonie:

die Gastarbeiter aus Südkorea
wie liebevoll sie im Freien servieren
wie glücklich sie immer wieder sind
diese armen mongoloiden Würmer
nach Herzenslust verwöhnen zu dürfen
mit Tee und frischen Friesenwaffeln

Anderer Bildungsweg

Bist du vielleicht nicht
zurückgeschreckt vor dir
als du gesehen hast

wie eine schlaflose Frau
verschmiert vor Eifersucht
mit dem Handrücken krachend
in ein Gesicht schlägt und
mit der Innenfläche wieder
zurück drei- viermal

wie ein verramschtes Paar
sich eilig das Bett macht
an der triefenden Wand
eines Pissoirs

wie so ein Herr in Gamaschen
diesem dreckigen streunenden Gör
ein Bein stellt mit seinem Bambusstock
und es abschiebt in die Baugrube

wie so ein rühriger Stoßtrupp
der Gaststätten-Innung einsteigt
in Ristorantes und Buttersäure
über den Teig der Pizza kippt

wie so immune Abgeordnete
sich abschleppen an der Verantwortung
und auf Gesetze pochen bei einem Volk
zu dem sie sich nicht zählen

Und wenn du dich abgewandt hast
ratlos ohne Mut
wie kannst du dann noch
die wohlfeilen Ausgaben deiner Bildung
zur Hand nehmen und dich
vergewissern wollen
wie du dort erscheinst
ein Mensch
selbstherrlich wieder
als das absolute
Maß aller Dinge

Nachtvorstellung

Wie geht es denn jetzt weiter im Text
wie überspiele ich denn unauffällig
diese lautlos alarmschreiende Bewußtseinspause
mitten in der Nacht wenn ich aufschrecke im Bett
naß und kalt und schwindlig nach
einem schwarzen Brocken von Traum
allmählich blickfassend im Gegenlicht
in der offenen Tür zum Flur
einen schwarzen Brocken von Mann
erkenne der seinen Arm hebt und
einen schwarzen Brocken von Hammer
schwingend über der Schulter hält und
einen schwarzen Brocken von Zunge
lallend in seinem Mund bewegt

Kommen Sie doch rein
sage ich jetzt einfach
fest mein Kinn auf die angezogenen Knie gepreßt
warten Sie ich mache nur eben die Lampe an kann ich Ihnen
irgendwie helfen wen suchen Sie denn wollten Sie
vielleicht zu mir? –

Ja dich
wollte ich
mir mal ansehen aus der Nähe dein Haus
beobachte ich schon lange es ist immer
offen und voller Kinder und Schmetterlinge
und unruhiger Musik am Tag –

Aber warum haben Sie mich denn
nicht schon früher besucht? –

Ich bin noch nie
durchgekommen
wenn es hell ist und alle reden
es gibt so viele Hindernisse und jetzt
habe ich dich gestört wie konnte ich
wissen daß du schon dunkel bist
und in dich gekehrt und mich
gar nicht erwartet hast –

Aber warum sind Sie denn
jetzt nicht auch zuhaus und schlafen? –

Ich kann überhaupt nie
die Augen zumachen
unter meiner gespannten
endlos reißenden Stirn dröhnen
die Maschinen am laufenden Band
ich kann nur manchmal
betäubt zusammensinken
an der Lärmmauer draußen wenn die Luft
stärker geladen ist als ich
wenn auf einmal in Sekunden
Lastwagen Autobusse Motorräder anfahren
Kirchenglocken läuten und Hunde bellen
wenn die Planierraupen kreisen und die Flugzeuge
ununterbrochen starten und landen nach dem Gewitterstau –

Aber warum wollen Sie denn
jetzt nicht Ihr Werkzeug ablegen und sich
eine Weile hinsetzen Sie können auch

einen Cognac haben oder eine Zigarette oder
eine Tablette gegen den Schmerz –

Ich habe noch nie
so einen Tausch gemacht
ich will auch nichts annehmen von dir
da muß ich erst nachdenken ich komme lieber
noch einmal wieder ich weiß ja nun
wo es lang geht wie du eingerichtet bist
und es ist auch nicht weit
vom Heim um die Ecke bis hierher –

Da hätte ich selbst diesen Akt
ohne Zwischenfall überstanden
da könnte ich fast beruhigt
zurücksinken in den schönen Schein
wenn nicht jetzt doch plötzlich
ein Taumel und ein Schrei
sich breit machten in meinem Bett
ans Fußende drängten und mich
kopfüber hängen ließen an der Rampe
ein ausgepowerter Kasper
flehend vor einem leeren Raum
hallo Leute
seid ihr denn alle da was meint ihr denn
habe ich mich tapfer gehalten könnt ihr denn
diese Aufführung durchgehen lassen als
verständig menschengerecht und irgendwie tröstlich?

Ich habe nur immer bei jedem vorsichtigen Wort
daran gedacht daß man vielleicht jetzt schon
für die Rollenverteilung in allen möglichen

zukünftigen
Kammerspielen bei Nacht
ganz klar im Sinn haben müßte daß schließlich
früher oder später
jeder von uns
einmal
verrückt wird

Satisfaction

Weißt du
sagt der
angeschlagene Champion
neben mir an der Jahrmarktsbude
weißt du
sagt er kauend
eigentlich
schmeckt so eine Melone erst richtig
wenn du sie ausschaben kannst
mit deinen Krücken

Feierliches Ende japanisch

Seht mich doch an
schon so runtergekommen
daß mir niemand mehr
sein Haus zur Verfügung stellen will
für dieses lästige Ritual

Endlich gerate ich an einen
Schacherer der mir ein Angebot macht
Notvorstellung drei Tage
gibt er mir Zeit
bis dahin kann ich seine Gäste unterhalten

Also gut
eine großangelegte Rede
wie und warum ich so lange gelebt habe
und welches Schicksal mich
hierher verschlagen hat
sie bewundern mich ein bißchen unsicher
sehen auch eingeschüchtert aus
aber erleichtert schließlich daß sie
alles andere sind als ich

Eine Weile kann man sie hinhalten dann
wird es unruhig und alle bemerken
plötzlich mein Schwert
seht nur sein Schwert
sein Schwert
es ist aus Holz

Natürlich ereifern sie sich maßlos
betrogen um einen schönen Tod
werden mir aber gleich beibringen wie
auch der Geringste sterben kann
nach allen Regeln der Kunst

Diese Würgerei
hätten sie mir ersparen sollen
werfen mich aus dem Haus zuletzt
und das Ding steckt
im Leib

Ein paar Tage noch
ein paar Tage noch in den Gräsern
mit dem Wind im Haar und dem Regen
auf meinem ruhig werdenden Gesicht

Geniestreich

Mit welchem Trick am Ende
hat er sich selbst aufgehoben
  dieser aussätzige
    zerlumpte Zauberer
mit welchem undurchsichtigen Wink
verwandelt in eine Friedenstaube
  trunken und morgenrot
    vom Blut eines Dichters

Tassos Nachtmusik

Noch einmal trete ich auf bei Hofe
verzerrt im Lampenfieber und ein wenig wirr
ausgehalten zum Schein und ohne Gnade
verfolgt vom näherrückenden kurzen Prozeß
das Morgengrauen wird mein Fall

Am siebten Tag für diesen letzten Abend
hat Harpo mir ergeben
seine Stacheldrahtharfe geliehen
und ich zupfe nun
dieses wunderbar fingerzerreißende Lied
das sie alle unendlich verhalten
mitsummen werden bei geschlossenen Augen

Oh Herr zu meinem Ruhme
ergriffen und von Sinnen
die ferne Ahnung in den Spiegeln
eine wiedererschaffene Welt
und die zarteste
aller Harmonien:

ich leide damit ich für sie spielen kann
und sie spielen daß sie mit mir leiden können

Inhalt

III